POP设计教学

POP SHEJI JIAOXUE

江西美术出版社

聂丽芬 著

目录CONTENTS

作者简介

聂丽芬，1996年获文学学士学位。2008年研究生毕业于景德镇陶瓷学院陶瓷设计专业，获硕士学位。长期从事平面设计与教学工作。曾服务的客户和品牌有：京都涮烤大王、艾蒂臣服饰、西木电光、上海华普、中国一汽解放、德国奔驰。并编著出版了《黑板报·宣传画设计模块》、《现代设计标准色谱》。

前言

现代社会经济的高速发展，中国正成为21世纪最有潜力的商业大国，越来越多的商业化城市也随之涌现。各具特色的商业街，到处林立的店铺，众多的超级市场，穿街过巷的便利店，展现的商品也是琳琅满目，品种繁多，消费者挑选的范围非常的宽泛。但也有许多的商品在类型上、品名上、质量上、包装上，甚至服务上出现了同类化、重复化，这势必导致商家之间发生激烈的市场竞争。在商战中不能有力地争取商品所属的消费者，不能在行业中打出有力的竞争王牌。这个企业、这个产品的命运可想而知。在现代激烈竞争的商业活动中，POP广告是一种极为活跃、形式多样的促销活动，它不仅给消费者提供信息的平台，还是消费者与产品见面的终端销售广告。POP广告的真正作用在于促成消费者认知产品，熟悉产品，满意产品，最终达到购买的目的。

POP广告是促销活动的重点，它具有引导消费者并刺激购买冲动的作用。一个成功的POP广告不但能提升品牌知名度，还能提高销售业绩，更能间接地提升销售场所形象。因此，作为消费者和商品接触点的POP广告，逐渐受到重视。POP广告越来越成为商界中一种行之有效的广告促销的表达形式，在商品信息的传递中有着独特的效果与作用。

本书是作者根据市场调研和教学经验写成。语言精简，通俗易懂，并配有作品实例分析。书中内容丰富，涵盖行业范围广泛，专门针对商业市场的需求而制作。愿本书能成为读者的一个好帮手，更愿读者能创作出更好的作品，为POP艺术做出贡献!

最后，感谢所有关心和支持本书的朋友。希望广大POP同人多提宝贵意见，在此由衷感谢，并致万分谢意。

POP的广泛定义

POP是我们非常熟悉的一种商业销售广告形式，他的出现是因为特殊的商
卖场、特殊的销售方式而决定的。

特殊的商业卖场是指类似于小型的便利店，中等的购物场所，大型的超
市场。这些规模大小不一的商业卖场都是商品充当卖场的主角直接与消费者面
面，省去了售货员和一些不必要的柜台陈设。不仅节约了商场空间，还加速了
品流通的速度，且缩减了商业成本，提升了整个商场的经济效益。

特殊的销售方式是指由于商品直接和消费者见面，于是商品品种更加丰富
样，选择的余地也就更大。有时一个展架上同样的产品竟然有七，八个品牌。
就造成了消费者在选择和购买商品时极易陷入犹豫不绝、顾此失彼、左右为难
境地。在这种形势下，POP广告这种新的广告形式就应运而生，在整个商品销
过程中成了一个“无声的售货员”。

POP广告能在适宜的空间、适宜的时间，恰当地表述商品内容、特征、
点、实惠性，甚至价格、产地、等级等等，吸引顾客视线，触发顾客兴趣，并
当起售货员的角色，使顾客很快地经历吸引、了解、心动而决定购买的购物心
过程。

我们再从POP的字面来看它的定义，POP广告的POP三个字母，是英文PO
OF PURCHASE的缩写形式。POINT是“点”的意思。PURCHASE是“购买”的
思，POINT OF PURCHASE即“购买点”，简称“购买点广告”。

POP广告，不仅指在购买场所和零售店内部设置的展示销售专柜以及在商
周围悬挂、摆放与陈设的可以促进商品销售的与之相关的广告媒体，还包括在
业空间、购买场所、零售商店的周围、内部以及在商品陈设的地方所设置的广
物，都属于POP广告。如：商店的牌匾、店面的装饰和橱窗陈列，店外悬挂的
气广告、条幅，商店内部的装饰、陈设、招贴广告、服务指示，店内发放的广
刊物，进行的广告表演，以及广播、录像、电子广告牌广告等。可以这么认为
POP广告设计其实是一个具有立体空间和流动的广告设计。

POP广告是一种综合性超强的商业广告形式，与一般的广告相比，其特
主要体现在广告展示和陈列的方式、空间环境上面。POP广告具有很高的经济
应，对于任何形式的商业场所，都具有招徕顾客、忠实地扮演促销员角色、传
商品信息、刺激消费者的购买欲望、装饰卖场、营造销售气氛、提升企业形象
假日促销、反馈顾客意见，使商家及时进行调整等功能，所以备受商家、经销
的青睐。近几年POP这一领域发展相当迅猛，在商业销售与其他商业往来中扮
着重要角色。

向日葵
漫画书屋
小笨豆de果实
胖胖熊与瘦皮狗
旅行
美姬公主
十种朵朵魔法
大非de战斗
本期推介
艺术节卡拉OK大赛
欢迎踊跃报名
huanyingyongyuebaoming
报名时间：元旦前3天
baomingshijian：yuandanqiansan
报名地点：艺术楼120室
baomingdidian：yishulou120shi
伊莱恩
YLAINEA
手机MP3
特惠区
购单件满899元补贴
购单件满1899元
购单件满2899
前200名顾
3週年店慶
好礼相送
3週年店慶

POP的构图

所谓构图其实是画面的一种视觉流程，是指观者的视线随着画面中各视觉元素在空间沿一定轨迹游移的过程。设计者利用这种观者视觉游移的心理规律，通过设计的合理安排，将画面中的色彩，图形，文字以及其他设计元素组织起来，应用美的形式原理，使构图简单有条理，突显画面主题，让观者的运动视线得以流动顺畅。

构图的具体问题实际上也就是最基本的点、线、面的关系。

“线”是构图中重要的组成元素，水平的线能表现平稳和宁静，是最静的形式；对角线很有活力，可以用来表现运动感；曲线能表现出随意、优雅、流畅和圆滑；而自由线性则根据其不同的成型轨迹反映不同的特征；会聚的线则能表现深度和空间。占画面主导地位的垂直线条，能强调画面主体的坚实感。线在构图中主要起连接、咬合、支撑以及加固作用。线能产生方向性、条理性等美感，会使广告更具感染力及亲和力。线与线的组合以及其构成关系，如重复、平行、交接、密集等等都能反映出不同的视觉秩序与情感，可以在设计中充分利用。

与点、线相比，面更显得充实，稳重，整体。在POP广告设计中，对面的空间把握，往往左右着画面效果，决定着设计成败。

面在具有可辨性后，就称之为形或者形状。可以分为具象形，抽象形，偶然形。在图底方面，具有相互转换的趣味。大小不同的面组织在一起时，会有空间感、律动感、节奏感。当面出现虚实时，会有一种量感。面的外部轮廓和内部质感的表现手法也是十分多样的。将轮廓淡化，会增强画面的律动感、透明感或一种错觉感。轮廓明显的面会有一种充实感、简洁感和一种力量感。

面也是具有情感特征的，如，正圆形有一种完美的感觉，扁圆形圆满并富于变化，方形面严谨规范，自由形面给人一种柔软、无序，有人情味的感觉。

点，线，面作为图形的三大要素，经过设计者的精心组织，能够派生出丰富多彩的图形。

小熊的爪印构成点，很活泼

“手工陶艺”、“手工刺绣”等构成线，突出
要的产品，形式活跃，与主题较协调

小熊手工坊

地面的大块黄色构成面

云黛
YUNDAI
明媚春天陽光提袋全新面市
優惠多多喲
装饰性的紫色线条构成线，起到很好的装饰作
云状色块与包构成面，突出宣传的主体

云黛皮具

扇面中的红色扇骨构成线，呈弧线很有新意

白色菜单字构成点

百惠屋日本料理

这块伞形色块构成面，店名在构图中很突出

POP的色彩运用

对于一张POP作品来说，色彩的作用是至关重要的。这就像时装秀，模特从天桥那段飘然而来，首先映入观者眼帘的是服装缤纷的色彩，待模特到近处才会关注这件服装的款式、服饰配件等。在任何的商业设计领域，色彩是决定设计作品成功与否的关键。这在POP设计制作中也不例外。

色彩的运用主要是在统一中求变化，这称为类似调和。还有在变化中求统一，这成为对比调和。还可通过调整色相、色彩明度、色彩纯度来创造画面的色彩变化和统一感。

色彩相互之间的配合有多种类型，如单一色相配合、同色系配合、类似色配合、对比色配合、补色系配合、多色相配合、无彩色与有彩色配合。

POP广告除了增添一些辅助功能外，多数为平面造型，那么，色彩的距离感就恰恰发挥了它使人感觉到进退、凹凸、远近的神奇功效。色彩的距离感与色相和亮度有关，一般暖色和亮度较高的颜色给人以凸显、前进、和逼近的效果，而冷色和亮度值较低的色彩则刚好相反，比实际距离显得更加凹进、后退和远离。那么设计者往往就可以通过色彩的空间位置塑造平面立体的效果。

除了色彩的距离感之外，人们对色彩的感觉还有很多，比如说色彩的冷暖感、色彩的轻重感、色彩的距离感，甚至带给人们的味觉感。因此，在运用设计色彩时应当充分考虑不同色彩感觉的表现规律，使色彩能更好地反映诉求主题的属性。还要注意的是，不同的种族、性别、年龄，或是性格上的偏好，都会对颜色产生不一样的认定及反映。所以当我们运用色彩时应尽量合乎消费者的心理，来满足不同消费层次的需要。

POP广告大多数情况下都会使用明度与纯度较高的色彩，这也是符合POP广告主题突出、个性强、有较强的视觉效果、画面明朗、一目了然的特点。

白色的底体现餐厅名“白调”

咖啡色边框夹杂着白色与底色呼应

黄色鸡蛋起到画龙点睛的作用

- 泡沫红茶 每客38元
- 伯爵奶茶 每客48元
- 鸡肉蛋饭 每客68元
- 猪扒烩饭 每客68元

调茶餐厅

太阳的黄色与橙色构成统一的暖色调，表现篮球赛的热烈

用白色字醒目有冲击力

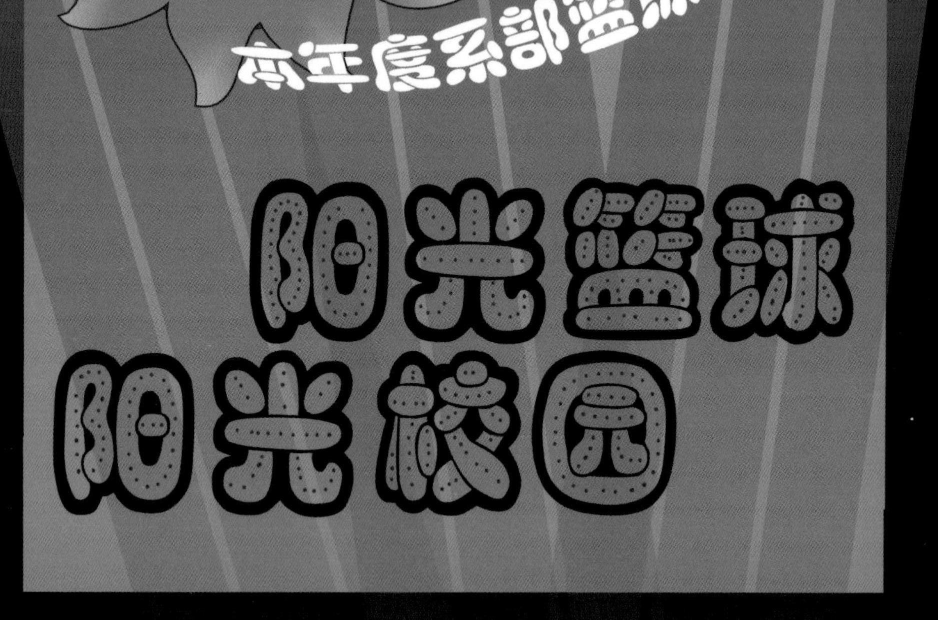
本年度系部篮球赛开战了
阳光篮球
阳光校园
首战：文学系VS数学系
时间：10月26日
地点：室内球场

阳光篮球

ng游乐场

白色底增强色块的视觉冲击力

付比强烈的高纯度色块表现游乐场的刺激

POP的字体设计

在POP的字体设计中，包括主标题，副标题和说明文的字体设计。在进行设计时必须对这几种文字的字体作出统一的形态规范，这是字体设计最重要的准则，也是保证字体的可认性和注目度的要求。

主标题通常是整个画面的中心，直接吸引消费者的目光。因此，主标题应该是设计的重点。主标题一般都采用较粗大的字体，力求做到字体除了新颖别致吸引消费者注意力之外，还要求字形清晰，使消费者易读易认。

副标题一般是对主标题起着补充和解释作用的。所以，从视觉顺序上应置于主标题之后，万不可有喧宾夺主。字体不可过于花哨，以免影响主标题的视觉效果。

说明文在字体设计上应以不影响消费者阅读为好，要求语言通顺，简明扼要。说明文的字数不宜太多，最好控制在25个字数之内，忌讳字数过长，使观者失去阅读兴趣。

进行字体设计时首先要考虑字体笔画的粗细、大小和比例，这是构成字体整齐整体的重要因素，也是使字体在均衡统一求变化的过程中增添美感的必要条件。

方向性也是进行字体设计时需要考虑的问题。在把握字体整体性的情况下，方向的变化可以增添一定的动感，比如将字体向左或向右进行适宜角度的倾斜便会有一种流畅感，比如将字体向上和向下进行方位的延伸变化可以产生虚实感和空间感。不管进行怎样的方向性处理，整体统一是前提。

切不可凌乱，松散。那也就毫无美感可言了。

色彩处理上不宜过于烦琐，令人辨读困难，要时刻保持大方、整洁的美感。

外轮廓装饰，线装饰，面装饰，局部细节装饰，背景装饰，叠压装饰，纹样装饰，投影与倒影装饰，这些都是最基础的字体装饰技巧。

...的装饰

背景装饰

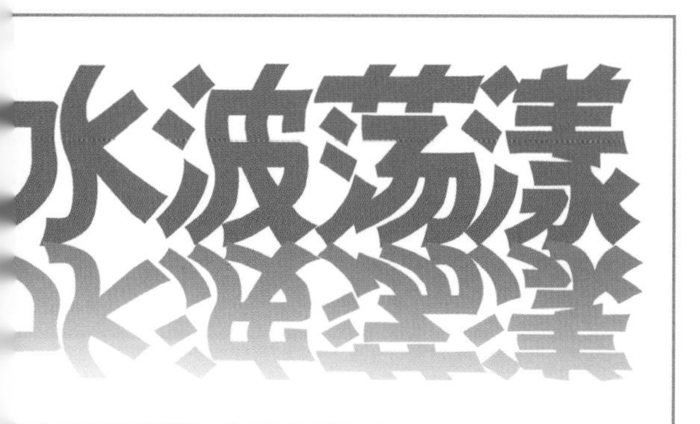

...与扭曲的装饰

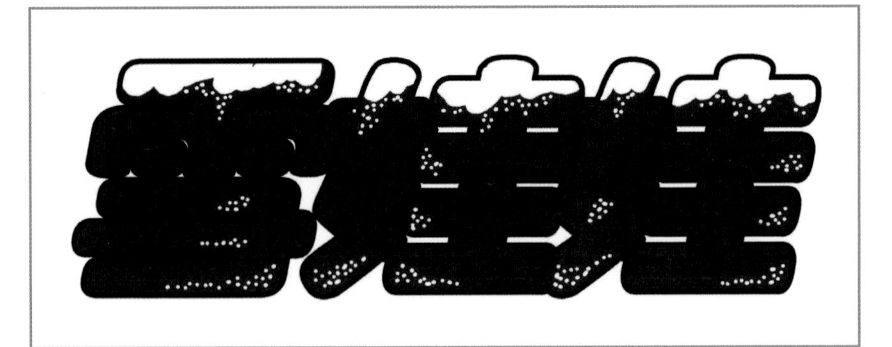

局部细节装饰

叠压装饰

装饰

外轮廓装饰

装饰

POP的图片及插图设计

图片及插图是POP广告设计的重要组成部分，它和文字内容是相配合呼应的，能进一步说明文中内容和加深对内容的理解。插图及图片的选择要围绕中心主题内容，要与文案所反映的内容一致，切忌文不对题。

在POP广告设计中图片及插图往往比文案占据更多的位置，它在促销商品上与文案有着同等重要的作用，甚至于比文案还重要。它不但能突出主题思想，而且还能增强艺术的感染力。

出现在POP广告中的图片及插图，要尽量使线条、形态、画面清晰明快。它主要分为：人物形象、动物形象、商品形象。

以人物形象为主的图片及插图会有一种可爱感与亲切感。极易投合消费者的心理。在POP广告中通常会有将人物形象进行夸张变形的做法。只要处理手法得当，不但不会有别扭的感觉，相反会产生轻松、幽默的效果，整个画面易给人好的印象、深刻的印象。

动物作为卡通形象一直以来都受到各个年龄层次人们的喜爱。一些著名的动物卡通形象甚至影响了几代人。比如，我们所熟悉的米老鼠、唐老鸭。它们不仅仅是动画片里的主角，而且还是很多广告宣传的代言。在POP广告设计中，常常将动物形象通过拟人化的处理，使其更具有人情味，以此拉近商品与消费者的距离。

商品形象最简单最直接的解释就是指商品的外包装，商品外包装在商品形象中占有突出地位，因为它与商品紧密相连，与消费者直接见面，它的形象往往代表了商品的整体形象。

在POP广告中，将商品的外观形象作为设计元素也是常有的事。比如，将商品形象进行拟人化处理，会给人以亲切感、趣味感。这种个性化的造型，在视觉上，有耳目一新的感觉。再比如，将商品形象真实美好地再现，不仅能增加消费者对商品的信赖感，还能对商品的整体外观、细节品质有一个比较全面与真实的了解，对商品的促销具有一定的积极作用。

因此POP广告中，图片与插图有时比文案还重要，它具有较强的看读功能和诱导功能，是一种毫不费力的阅读。

海味

这幅山珍海味的POP促销广告运用写实的手法画出了带鱼、野蘑菇等食品，使购买商品的性质一目了然。

动感三亚
拥抱自然
动感三亚
三亚亚龙湾深度自由行完美组合
三亚自由休闲三日游
大东海宏宏龙都夏季优惠套餐
三亚大东海，光线柔和，
温度宜人，碧浪轻抚海滩。

动感三亚

这则旅游广告运用了三亚美丽的风光以及一家人在海水中嬉戏的照片，照片
实性更能打动消费者。

喜丽大酒店
圣诞狂欢夜
文艺演出
豪华自助餐
餐中幸运抽奖
24日25日恭候您的光临

大酒店圣诞狂欢夜

广告左上角大大的圣诞老人图片非常醒目，消费者一看便知道广告内容是有关圣的，快捷准确地传递了广告信息。

POP的视觉冲击力

POP广告设计主要有三个目的：①引起消费者的注意。②可以给人留下深刻的视觉印象。③具有良好的信息沟通作用。

引起消费者的注意是最关键的一点，这意味着你所设计的广告能否吸引人们耐着性子继续看下去。这也就是我们通常所说的视觉冲击力。

影响视觉冲击力的因素有很多，最为主要的有版面的编排，颜色的运用及对比，设计元素的尺寸大小等。

版面的编排在整个设计过程当中是起决定性作用的，新颖求变的版式是绝对能吸引眼球的。

颜色的处理也是至关重要的。不管是耀眼复杂的色彩，还是清雅单一的色彩，只要处理得当，都会有好的效果。

设计元素的大小尺寸安排也是是否具有冲击力的一个决定性因素。尺寸的使用技巧就是我们必须在设计中产生强对比。如果一个元素仅仅比其他元素大一点，并不会有什么效果出来。

炫彩之夜

这则POP广告画面不断重复的跳舞的人形剪影和“n”形图形形成了强烈的视觉冲
。

品質超群

飲品先鋒

一泉水

瓶子的圆角造型与画面直角的矩形方框形成了强烈的对比，从而在视觉上加
水瓶的冲击力。

儿童兴趣班

这则POP广告是有关儿童的内容，为了吸引小孩的眼光，画面的色彩非常丰富，黄、蓝三大色块并列也增强了视觉冲击力。

休闲娱乐篇

随着人们生活品质的提高，消费能力的增强。休闲娱乐已经成为都市人缓解工作压力、增添生活情趣的首选方式。

放下繁重的工作，闲暇之余，人们对外出旅游、商场购物、美容美发、健身K歌是乐此不疲的。人们所知的很多休闲娱乐信息都是从POP广告中获得的。休闲娱乐类行业众多，种类也很繁杂，市场竞争比较激烈。所以休闲娱乐类POP广告愈来愈受到关注。

休闲娱乐类POP广告更是见证当下人们社会生活方式与生活流行元素的小小记录本。

设计制作休闲娱乐POP广告应注意以下几点：

①画面构图的安排：休闲娱乐类POP广告在构图设置上是个关键，因为休闲娱乐类是个大行业，同行同项目的市场竞争是比较激烈的。一张构图别致的POP广告在视觉上就能引起瞩目。所以设计人员在这方面应尽力开创思维，敢于打破常规，以新面目的构图示人。

②色彩的设计运用：由于涵盖范围广，在色彩设计运用上也相对灵活多变，只要遵循色彩的基本定律与应用法则就可以了。纯度和明度较高的鲜明色，如红、橙、黄等具有较强的华丽感；而纯度和明度较低的沉着色，如蓝、绿等显得质朴素雅。只要掌握色彩的这些设计特性就不会出现较大的失误。

③文字内容的传达：这一点挺重要的，休闲娱乐类的POP广告所表述的内容比较多，一定要注意文字的提炼，诉求条理清楚，排版合理。字数不宜过多，以免拥塞画面，影响画面的美感。

星级服务
让你尽享其中

ChengBaoDuJia

快乐之旅
专为你设计
预订电话：123456
总经理Josen恭候您的光临

城堡度假

都宝宠物寄养美容店

儿童乐园

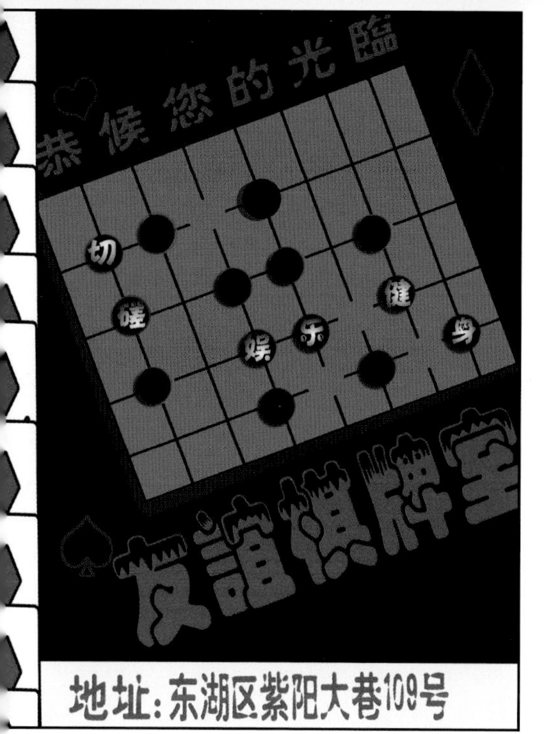
恭候您的光臨
切
磋
娱
乐
健
身
友誼棋牌室
地址：东湖区紫阳大巷109号
友谊棋牌室

韓國
韓國
韓國
旅游
預定您獨一無二的韓國行程
韩国旅游

共推出四种游线套餐

開始接受預訂¥500人

南京揚州三日游 千島湖桐廬三日游

南京無錫三日游 千島湖杭州三日游

上海二日经典景点+时尚购物游线

一票到底

块马戏

预订欧洲境内
特价机票
欧洲游
GO GO
1 英国经典4日游
299GBP/人
2 意大利6日精华游
375EUP/人
3 德荷比法卢5国经典7日游
418EUR/人

欧洲行

水上乐园
水上DJ
湿身派对
水上乐园
马来烧烤
巴西烧烤
冲浪浴场

水上乐园

麦霸
KTV
特别推出
白天时段仅需38元唱够3个小时
晚上时段仅需68元唱够3个小时
晚场包厢再赠送小点3样
会员享受5折优惠
欢迎惠顾

KTV

柔婷美容美体

恒美婚纱摄影

魔笛整形美容馆

钓
老猫钓鱼馆
为广大钓鱼爱好者提供
一个专业钓鱼技巧交流平台
以推进中国钓鱼文化为己任

老猫钓鱼馆

报名热线：321111111
踏青去
梅岭一日游
感受大自然气息
远离城市的喧嚣
营造宁静的心情
报名热线：321111111

踏青去

紫怡绿悦形象工作室

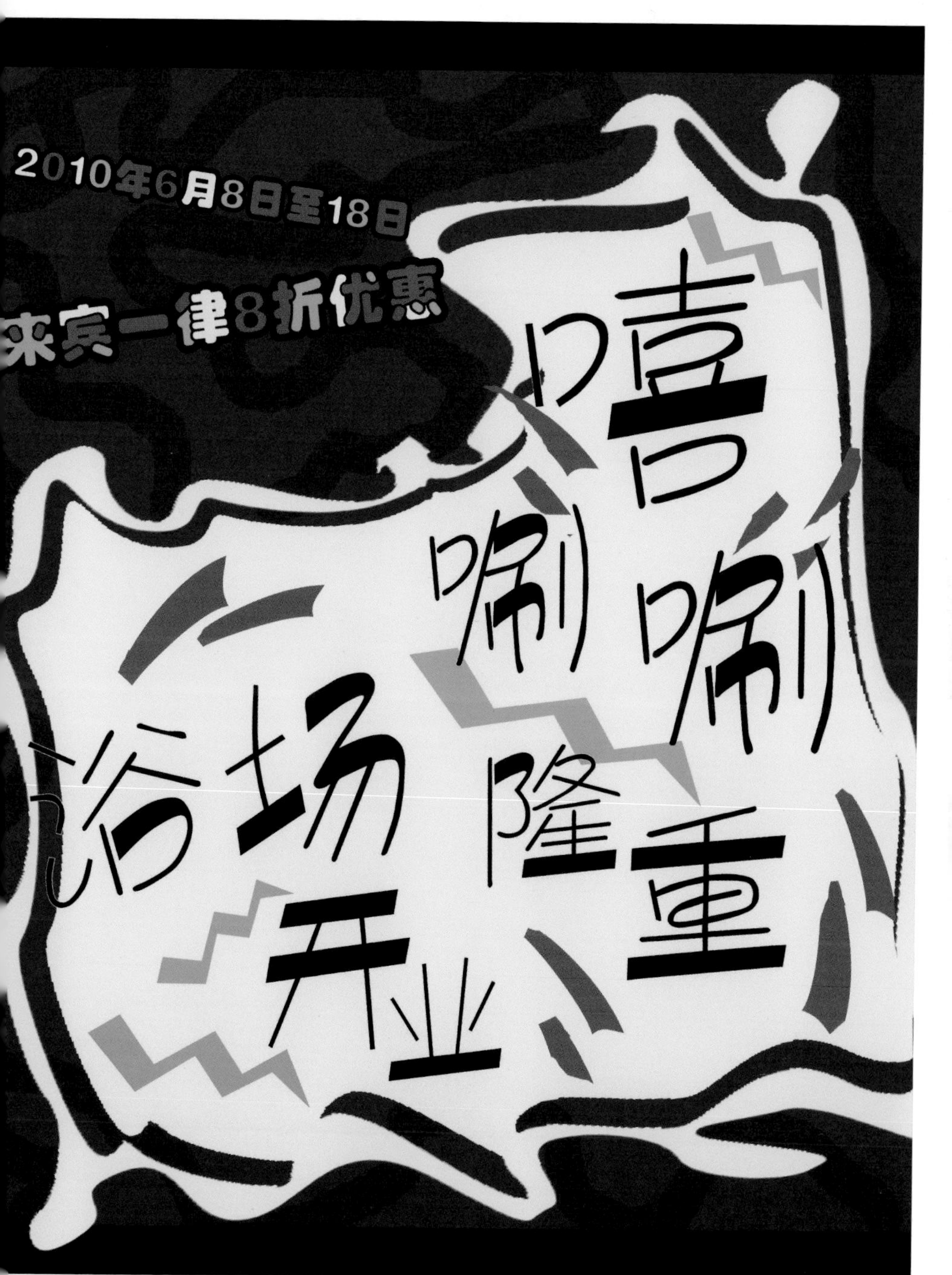
2010年6月8日至18日
来宾一律8折优惠
嘻唰唰
浴场
隆重
开业

唰浴场

水族馆

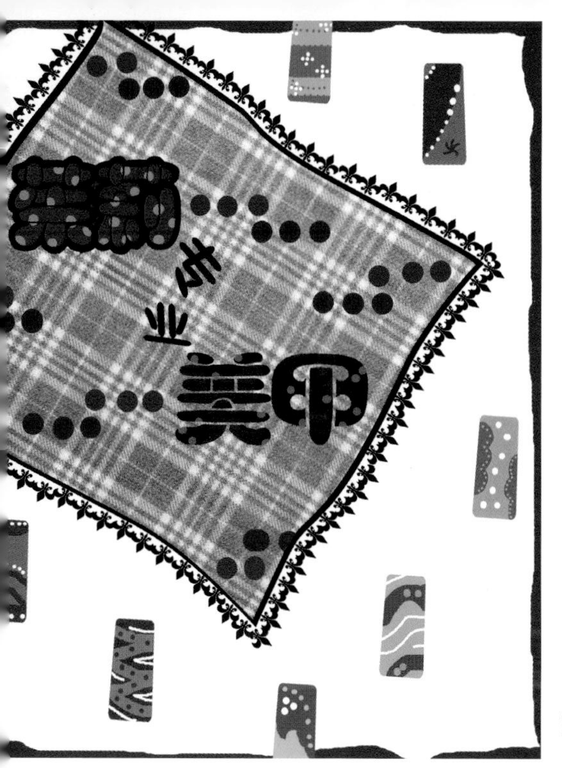

茉莉专业美甲

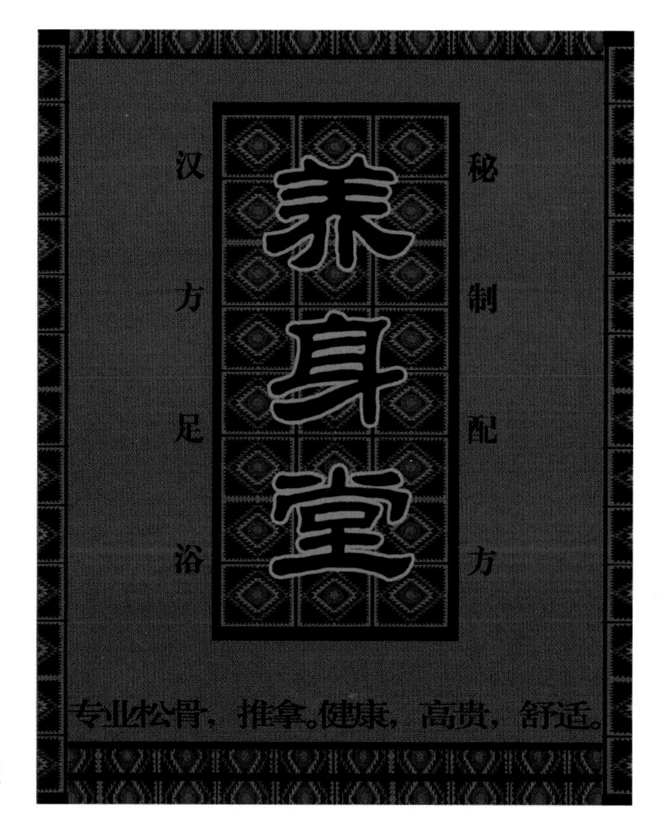

养身堂

校园文化篇

校园是一个青春气息横溢的地方。这里，不仅仅是吸纳课堂知识的地方，也是汲取其他知识养分的地方。在课余时间，同学们的活动安排是多姿多彩的。POP广告就是这种活动信息的获取地。它为繁荣校园文化、丰富同学们的业余生活起了一定的积极作用。

设计制作校园文化POP广告应注意以下几点：

①版式的设计安排：由于直接面对的是年轻群体，所以在版式设计上一定要具有跳动感。在画面层次上力求丰富多样，大胆求新求变，突显画面主体，以此彰显青春活力。

②色彩的设计运用：强调青春时尚的色彩，控制好主色调的冷暖区域。应用象征高调，张扬，激昂，前卫等的色彩属性，在平面的设计元素中创造出立体的情感色彩。

③文字内容的传达：多关注校园及年轻群体的流行语素，并将其纳入POP广告的文字内容里面，可强化时代特征及时尚元素，激发受众群的阅读兴趣。来达到传递信息的目的。

晚会

长运进校园售票

高校街舞联赛

即日起：

凡购买本产品满100元

送精美礼品一个

多买多送

自行车友联盟会

车友联盟

公路车　骑行经验

旅途故事

山地车

经验装备

维修技巧

攀爬车

迪卡自行车联盟会

汉堡

荷塘月社

荷塘月色散文

荷塘月色散文社成立了，欢迎爱好散文的文人墨客

荷塘月社（散文社）

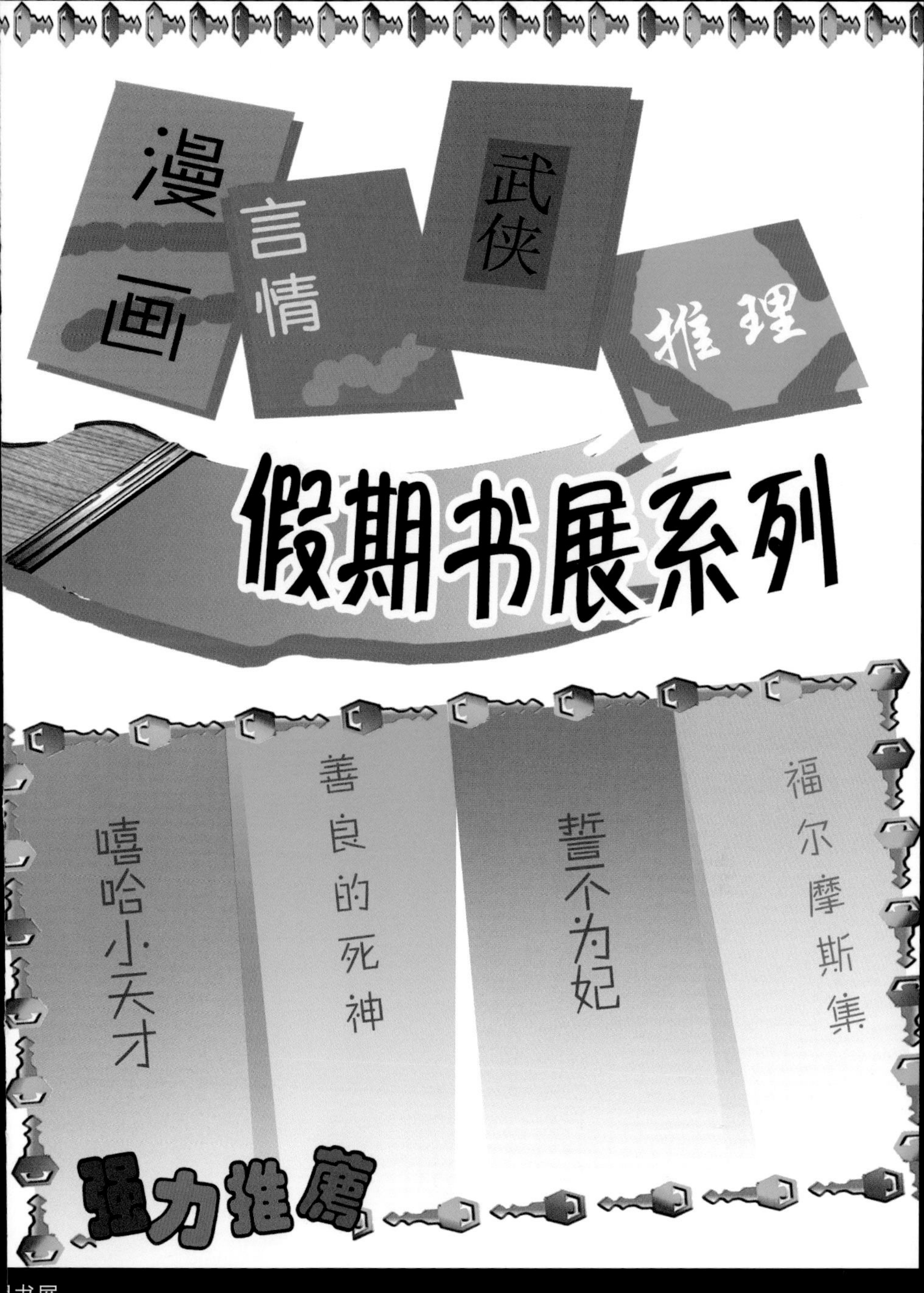
漫画
言情
武侠
推理
假期书展系列
嘻哈小天才
善良的死神
誓不为妃
福尔摩斯集
强力推荐

千寻宝物鉴赏

这里能充实你生活的分分秒秒

里能让你放松自己

这里能让你体会乐趣

陶艺吧

傑友網球俱樂部

如果您愿意加入杰友的网球团队，
就请联系我们：6969699

初级培训班热招中

中级培训班热招中

女子训练班热招中

儿童熏陶班热招中

杰友网球俱乐部

*的话题

数码暑期大热卖

新学期期待新同学的加入

合唱团

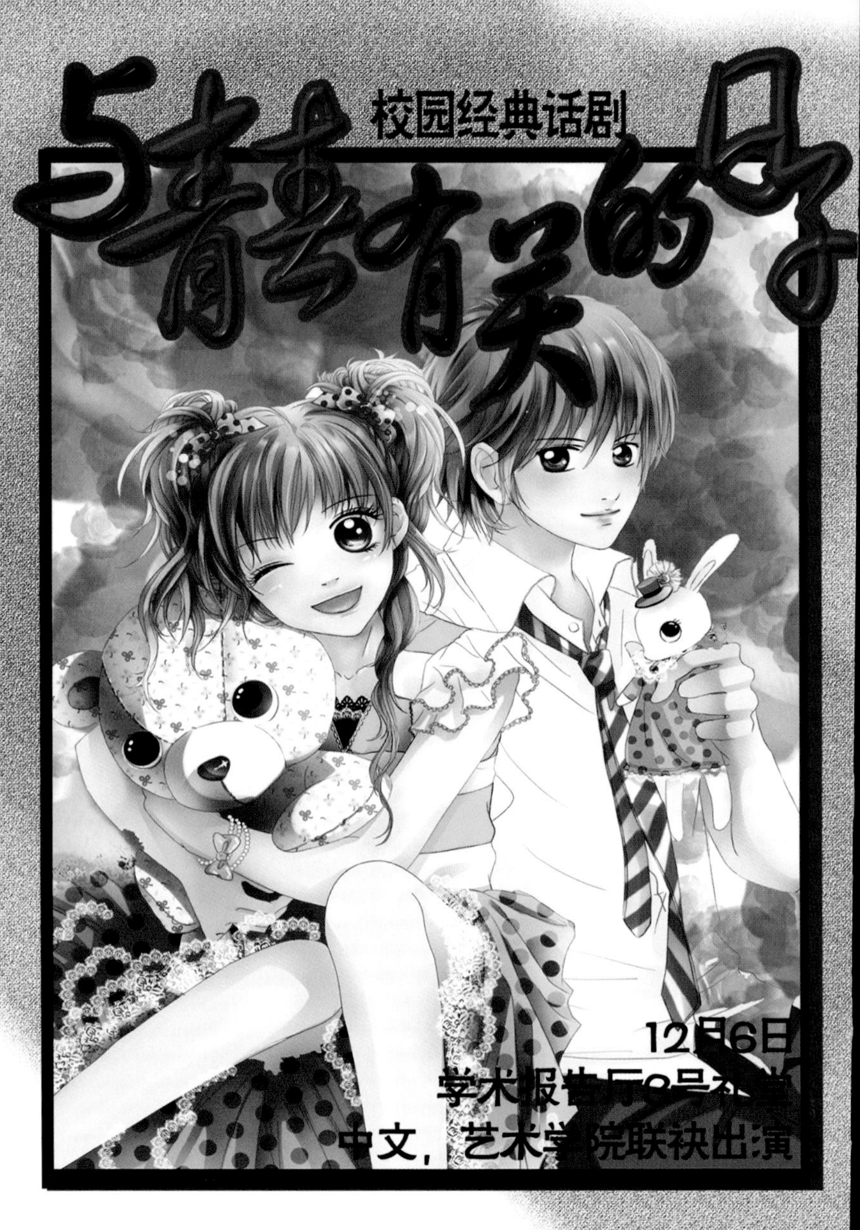
校园经典话剧
与青春有关的日子
12月6日
学术报告厅8号礼堂
中文，艺术学院联袂出演

校园话剧

校园金曲点歌榜

校园周末娱乐

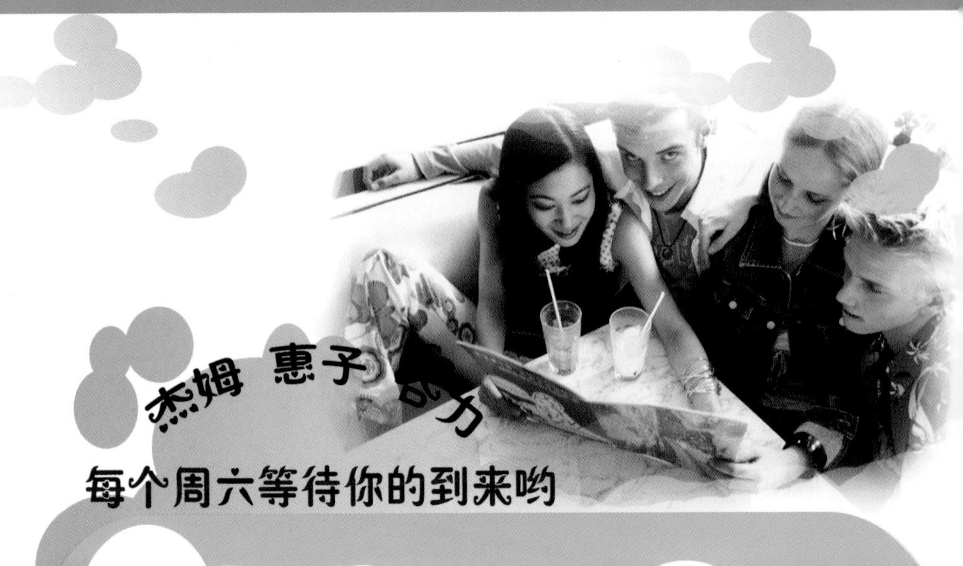
杰姆 惠子
每个周六等待你的到来哟

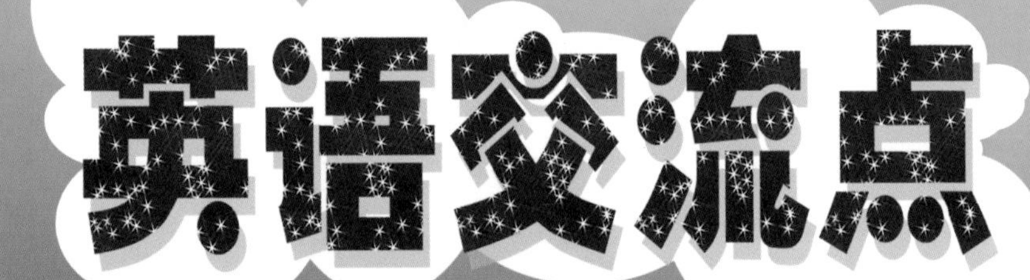
英语交流点

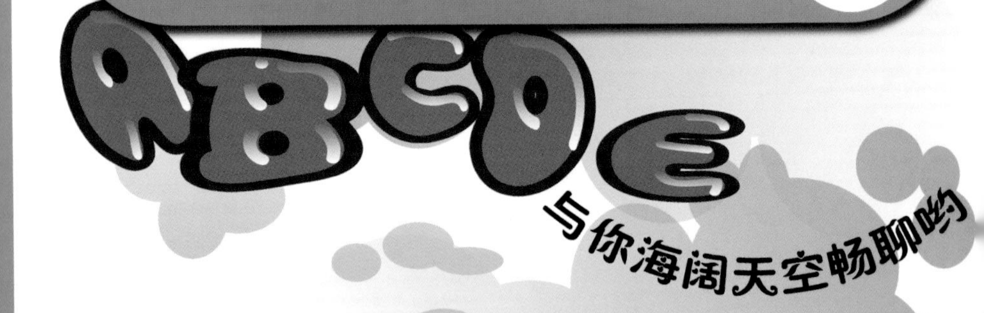
ABCDE
与你海阔天空畅聊哟

英语交流点

第二届全省高等院校足球联赛

誰能最終問鼎

十所高校群雄爭霸

瑤湖運動場激戰演繹

2008年7月26日-8月26日

赛事

周末電影場

大河之恋

地球停转之日

澳洲乱世情

MOVIE CLUB

原版英语放映

放映时间：5月16日至18日

放映地点：学术报告厅

周末电影场

中国戏曲文化讲座
中文系曹羽飞教授
带领大家航行于戏曲文化这一广博海洋上的文化之舟，
通过对不同戏曲种类的形成与发展，音乐与唱腔，舞台与表演，角色与行头的
的详细介绍。用生动优美的文字向我们展现戏曲这一我国历史上的灿烂文化。
时间：五月十日 七点整
地点：学术报告厅

戏曲文化讲座

超市商场篇

超市商场的POP广告具有商品宣传和烘托商家店内气氛的双重作用。能针对性地向消费者展示推介预售的商品，为方便消费者挑选购买心仪的货品提供了有力的参考。超市商场类的POP广告形式也是多样的。有场内的各种指南、价格卡、货样卡、标题POP、讯息POP等等。本书主要设计制作的是标题POP、讯息POP等等。

设计制作超市商场POP广告应注意以下几点：

①标题字体的设计：超市商场类POP广告主标题设计蛮重要的，它是整幅画面的重点，所以，在做超市商场类POP广告设计时，应加大对主标题的设计力度，做到字体具有创意，字形清晰。使之适宜整个画面的意境，符合商品宣传的特性。

②图片与插图的运用：超市商场类POP广告里图片与插图的运用是非常多的。它能真实具体地反映商品形象，对消费者而言可信赖度较高。还可通过拟人化的处理，使商品富有人情味和个性化，此种形式的宣传效果也是比较好的。

③文案类的制作：除了标题字体之外，文案的编排也不可忽视，它起着补充与解释画面和主标题的作用。文案字数需简短精悍，文案语言通畅诙谐，激发消费者的阅读兴趣。起到更好的宣传效果。

文具用品店

宝盛购物街

轻松一夏

SUMMERSALE

二，三楼服饰

7

折起

欢迎选购

促销—轻松一夏

09新款品牌太阳眼镜上市

全省唯一经营地址：
大比路209号四楼

海岛眼镜行

料理专柜

祺朵莲女鞋

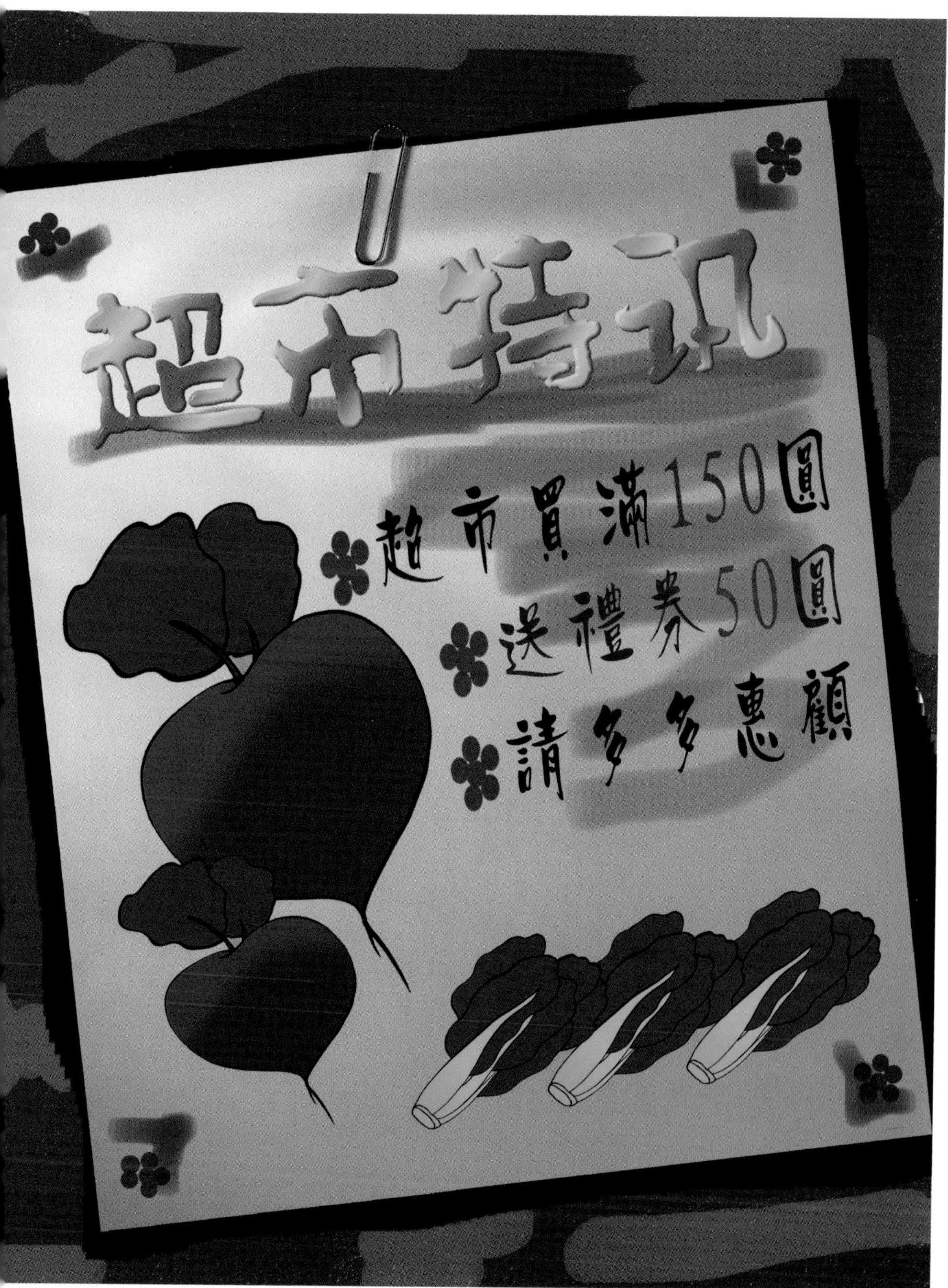
超市特讯
超市買滿150圓
送禮券50圓
請多多惠顧

百货—超市特讯

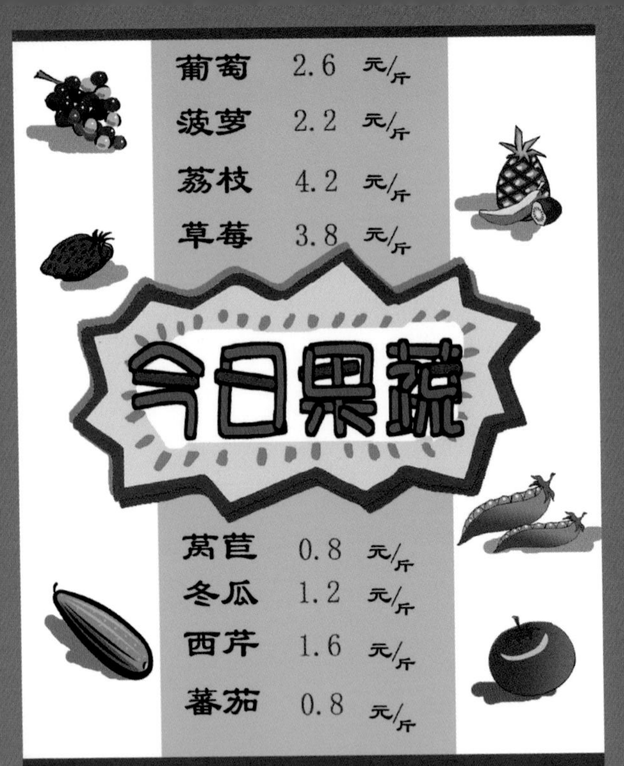

葡萄 2.6 元/斤
菠萝 2.2 元/斤
荔枝 4.2 元/斤
草莓 3.8 元/斤
今日果蔬
莴苣 0.8 元/斤
冬瓜 1.2 元/斤
西芹 1.6 元/斤
蕃茄 0.8 元/斤

佳嘉—今日果蔬

佳嘉超市

新鲜果蔬

	原价	现价
富士苹果	10.6元（斤）	9.2元（斤）
海南香蕉	8.9 元（斤）	8 元（斤）
台湾凤梨	12.6元（斤）	8.9元（斤）
赣南脐橙	11 元（斤）	9.6元（斤）

佳嘉超市—新鲜果蔬

运娃娃童装

GERENHULIYONPINI

美翼

MEIYI

個人護理用品店

YIDIANYIDIDEHULI

ZIRUNSHUHUANDEI

HUANFARINSHU

美翼个人护理用品店

10年专心做服务 10年专心做空调
10年
团购3套以上，9折
不限品牌
团购5套以上，8折
不限品牌

康康空调城

暑假即將來臨
本店對廣大愛好數碼產品的朋友
打開方便之門
大量數碼產品熱賣中
数码产品大熱卖
惊爆价
佳能W110 5倍
焦聚 30mm光角
RMB: 2000
電話:0791-8945632
網址:WWW.shuma123.com
地址:江西南昌八一廣場東方電腦城188號

数码产品大热卖

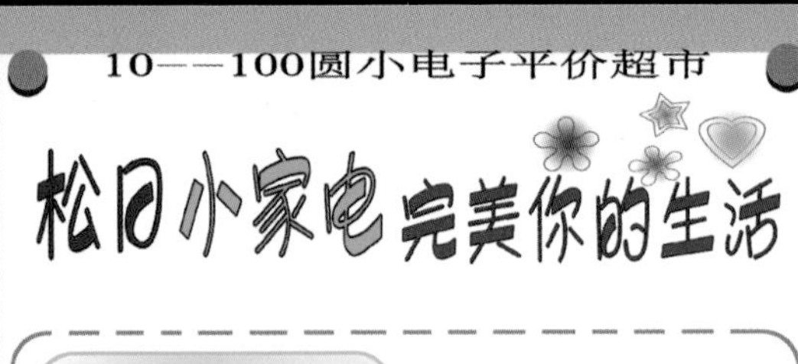

10——100圆小电子平价超市
松日小家电 完美你的生活

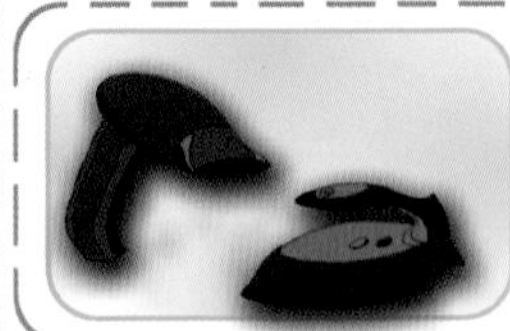

居家系列
保健系列
车载系列

办公系列
美容系列
学生系列

松日小家电超市

罗曼丹诗男装

爱鞋品

依恋布拉格

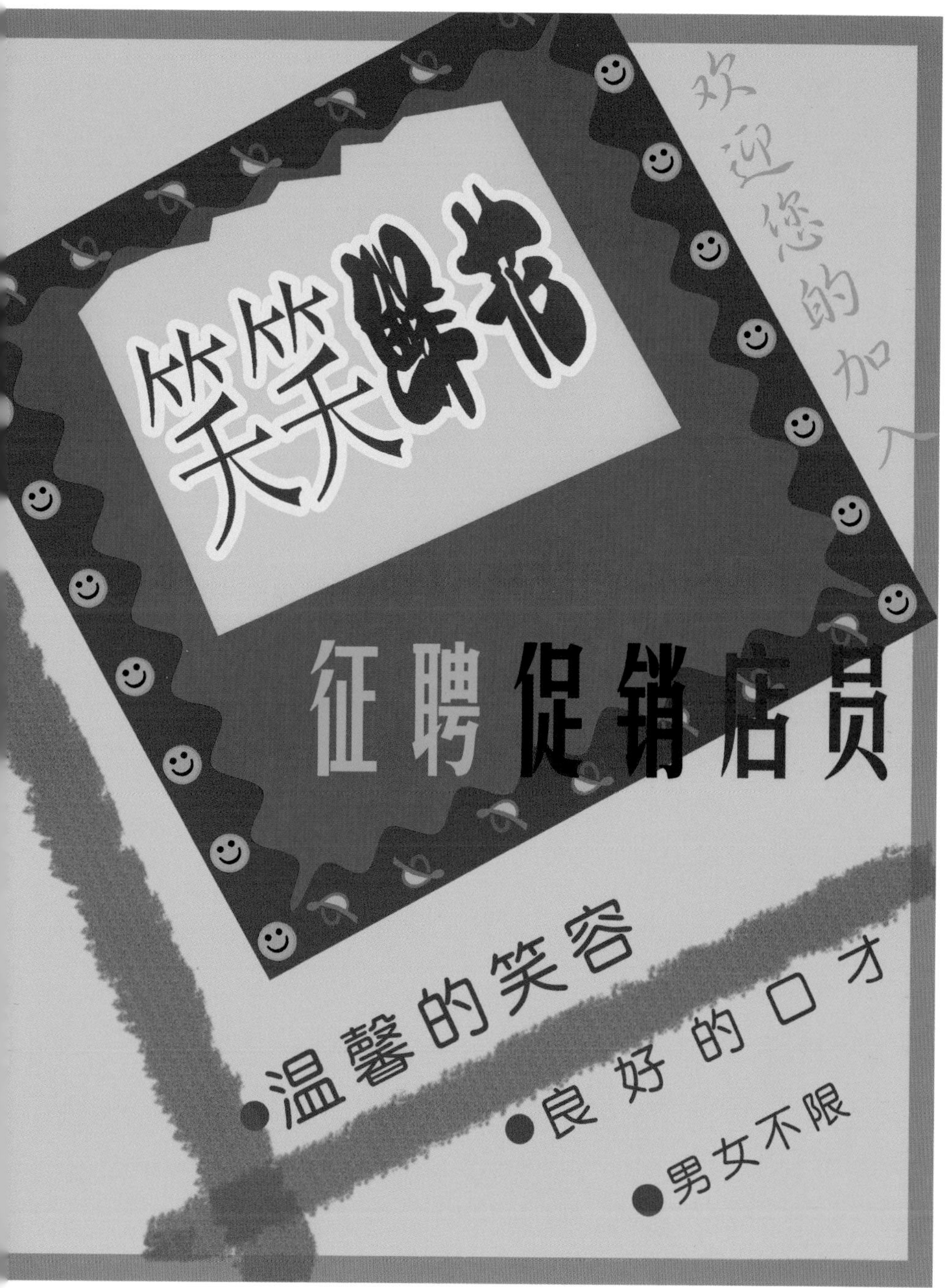
笑笑鲜花
欢迎您的加入
征聘促销店员
●温馨的笑容
●良好的口才
●男女不限

鲜花应征

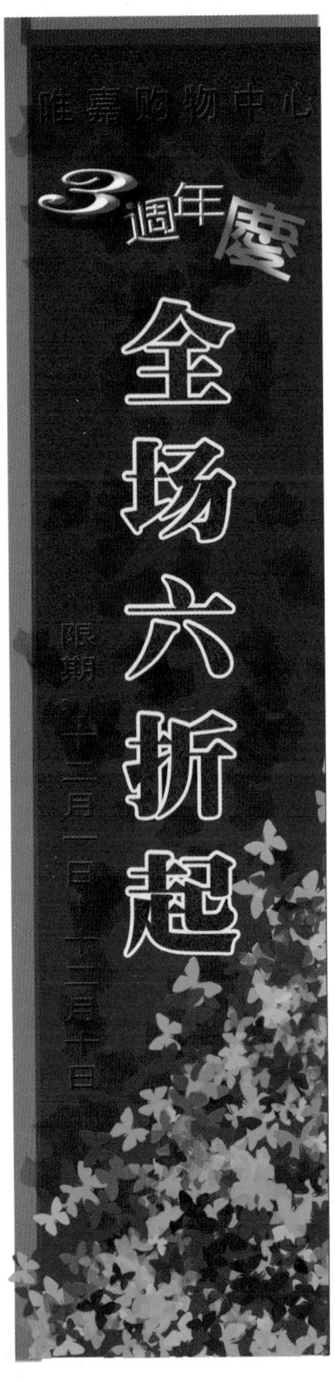

唯嘉购物中心
3週年慶
全场六折起
限期：十二月一日 十二月十日

3週年慶
唯嘉购物中心
好禮相送

唯嘉购物中心
好禮相送
3週年慶

周年庆

WEIJIA GOUWU WEIJIA GOUWU

3週年店慶

唯嘉购物中心 唯嘉购物中心 唯嘉购物中心

年庆

餐饮美食篇

随着人们生活水平的提高，工作节奏的加快，方便快捷的饮食方式应运而生。各风格种类的餐饮店四处林立，五花八门的美食小吃让人目不暇接，这就造成店与店之间的竞争很是激烈。于是如何打造本店品牌和推介本店特色是每个餐饮店的重大责任，POP广告于此就起着不可缺少的作用。餐饮美食类的POP广告在POP广告中占据着较大的市场份额，在繁华都市、在街边巷角随处可见，与人们的生活息息相关。

设计制作餐饮美食类的POP广告应注意以下几点：

①篇幅的设计制作：根据宣传内容、数量安排好所需篇幅，这样做一是使画面得以充实、得体；其二是便于悬挂或张贴，能更好地广而告之。

②色彩的设计制作：由于是食品广告，人们对其的心理接受色彩偏重于红、橙、黄等暖色系列。所以，在色彩设计时一般使用这一类色相鲜艳、纯度和明度都相应较高的色彩，会引起消费者对食品的味感，取得好的效果。

③字体的设计制作：对食品的品名、价格的设计制作是餐饮美食类POP广告的要点，这也是消费者最为关注的。品名字体、价格字体尽量大些、醒目些，价廉物美的食品总是能吸引人的。

阿里郎
店址：茵茵路22号
电话：62222
韩国烧烤店

- 拌饭系列
- 泡菜系列
- 汤类系列
- 串烧系列
- 面食系列
- 烧烤系列

来自韩国的精心设计的美食

热忱欢迎您的光临……

郎韩国烧烤店

阿土仔豆腐店

彩格美食街

草原小姐妹小肥羊

翠花农家小菜

冬日美食

父亲节自助特餐

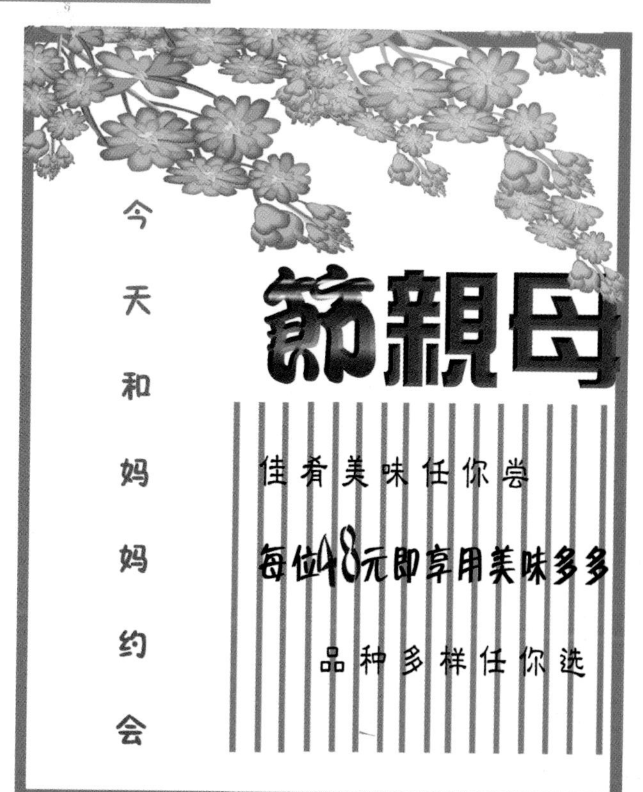

母亲节自助特餐

紅墻
Coffe Club
咖啡館
營業時間:
AM7:00—PM2:00
红墙咖啡馆

三鲜粉
窝头
烧麦
叉烧包
玉米馒头
豆浆
油条
牛肉面
鲜肉包
锅贴
粥点
阳光早点
阳光早点

烧烤大王
羊肉串 2元
大白菜 0.5元
肉串 1元
烤鱼 3元
烧烤大王

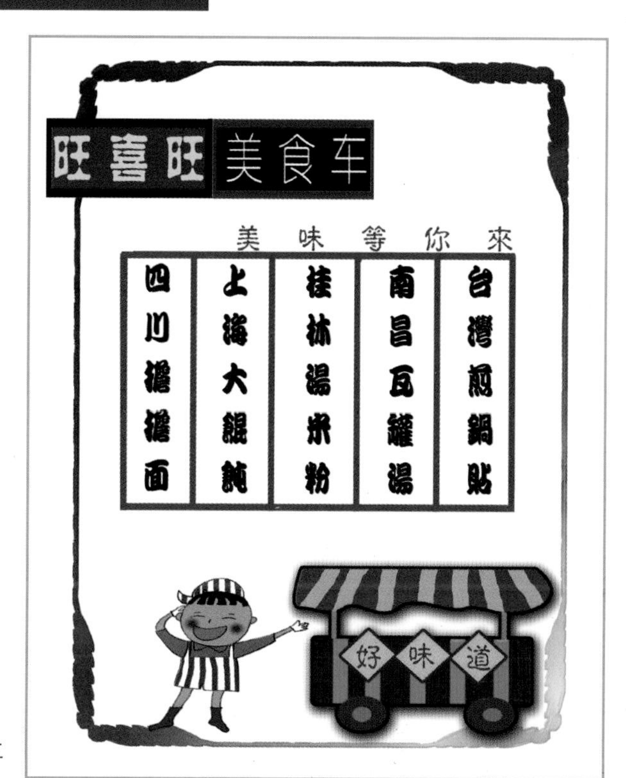
旺喜旺美食车
美味等你來
四川擔擔面
上海大餛飩
桂林湯米粉
南昌瓦罐湯
台灣煎鍋貼
好味道
旺喜旺美食车

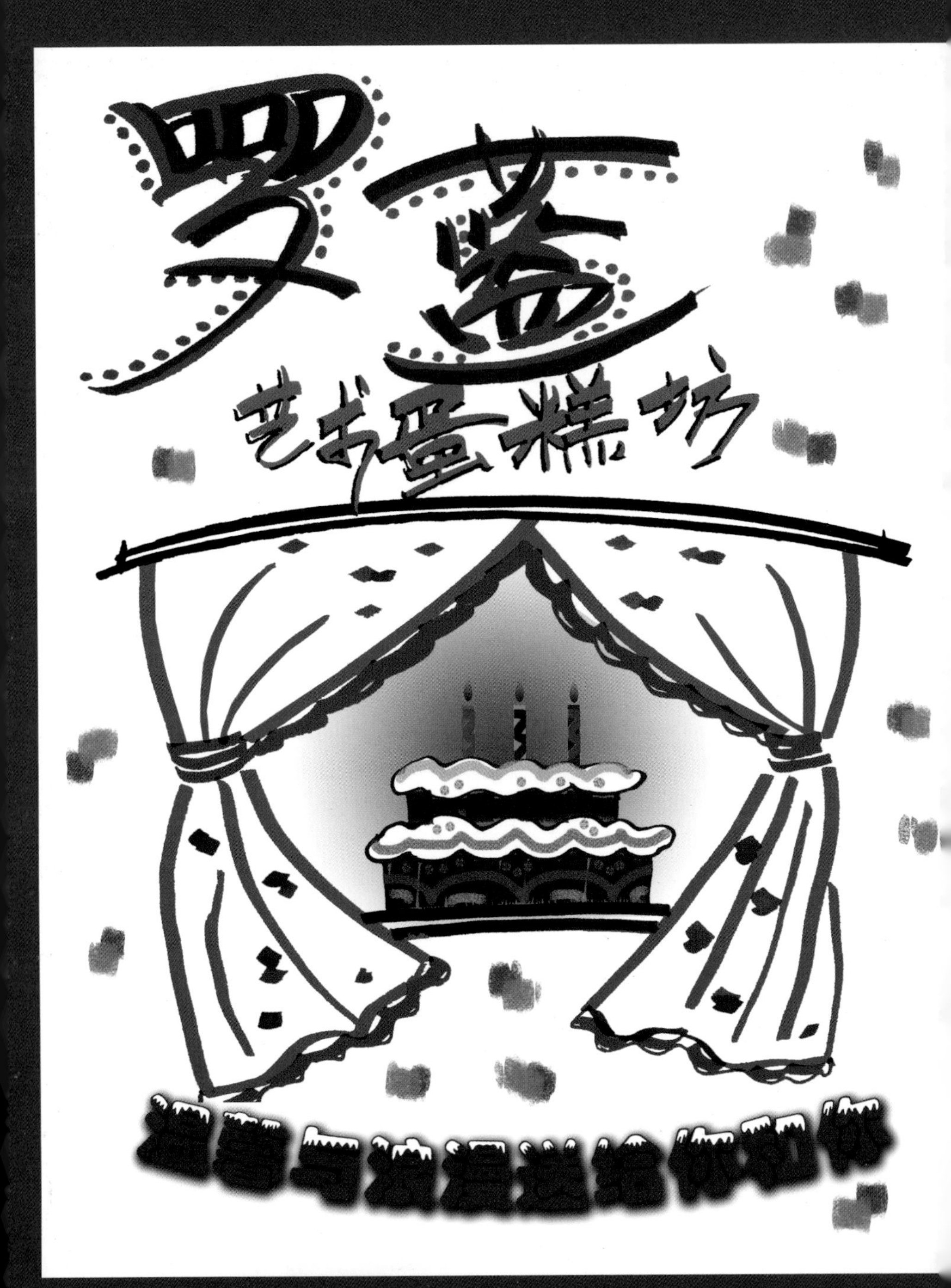

罗蓝艺术蛋糕坊

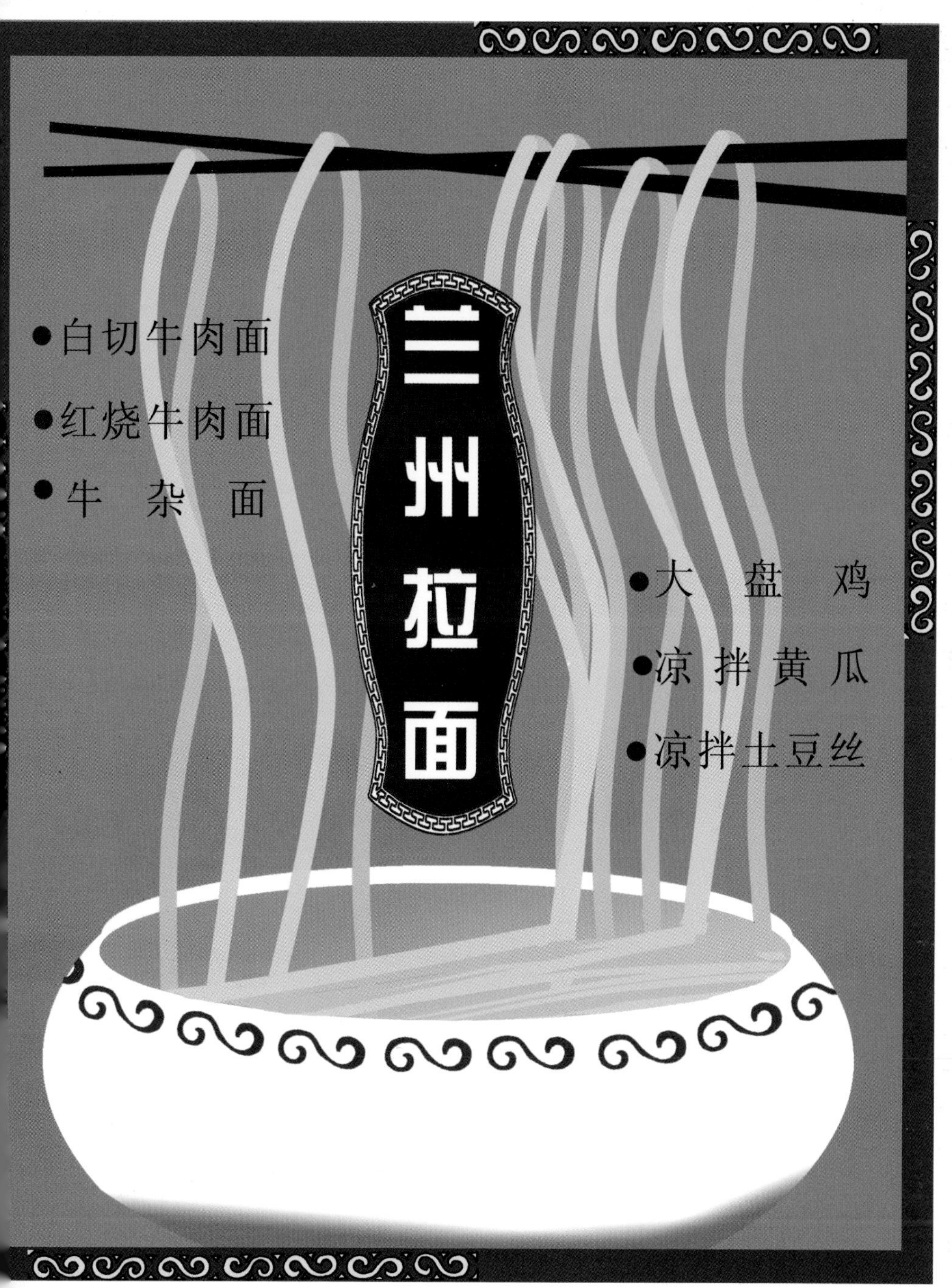

州拉面

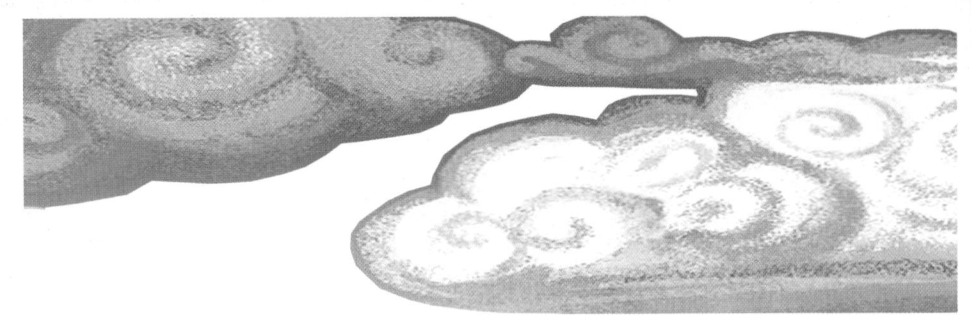

魔法厨房

魔法厨房

美味盖浇饭

莫斯科面包房

预订年夜饭

式早茶

甜园风情

仙果族
水果捞

源自宝岛台湾的美味佳肴

图书在版编目（CIP）数据

POP设计教学/聂丽芬著.—南昌：江西美术出版社，2009.12

ISBN 978-7-5480-0028-0

Ⅰ.P… Ⅱ.聂… Ⅲ.广告—宣传画—设计 Ⅳ.J524.3

中国版本图书馆CIP数据核字（2009）第236716号

POP设计教学

著　　者：聂丽芬

出　　版：江西美术出版社

网　　址：www.jxfinearts.com

发　　行：江西美术出版社

地　　址：南昌市子安路66号

电　　话：0791-6565819

印　　刷：深圳市森广源实业发展有限公司

开　　本：965×1270　1/32

印　　张：3

印　　数：4000册

版　　次：2009年12月第1版

印　　次：2009年12月第1次印刷

书　　号：ISBN 978-7-5480-0028-0

定　　价：18.00元